우리 시대 현대시조 100인선 67

클릭! 텃새 한 마리

김 복 근

태학사

우리 시대 현대시조 100인선   67

클릭! 텃새 한 마리

초판 인쇄 2001년 10월 29일 • 초판 발행 2001년 10월 31일 • 지은이 김복근 • 펴낸이 지현구 • 펴낸곳 태학사 • 주소 서울시 서초구 서초 2동 1357−42 • 전화 (02) 584−1740 (代) • 팩스 (02) 584−1730 • e-mail thaehak4@chollian.net • http://www.thaehak4.com • 등록 제22−1455호

ISBN   89-7626-713-3   04810 • ISBN   89-7626-507-6   (세트)

☞ 지은이와 협의하에 인지를 생략합니다.
☞ 파본은 구입한 곳이나 본사에서 바꾸어 드립니다.

한여름 밤의 꿈 시 낭송

해외문학 심포지움(북경)에 참가하여 고정국, 김정희 시인과 함께

고성 당항포에서 이우걸 시인, 장경렬 교수와 함께

성파시조문학상 시상식장에서 (김교한, 필자 내외, 홍진기, 이처기, 김연동, 서일옥, 이수
정, 하순희, 조현술, 이차남, 강호인 시인)

차례

제2부 사이버 넓은 마당

제1부 비상을 위하여

불꿈

꿈이었다.
온 산이 활활 타오르는 꿈이었다.
가랑잎 솔가리에 떡갈나무 자작나무
영롱한 깃발이 되어 생으로 타는 목숨
불은 또 다른 불을 차례로 불러들여
오솔길 산골짜기 의식의 숲을 치며
터질 듯 너울거리는 나방의 원무 속으로
살 냄새 타는 그리움 전율처럼 몰려와
붉어 더 선연히 익어 타는 사랑으로
냉과리 숫보기 같은 나는
화엄을 외우고 있다.

황금 소나기

눈부셔라 황금 소나기 내 위선의 옷을
짓고, 눈부셔라 황금 소나기 내 위선의
이름을 짓고……

부표도 없이 떠도는
내 영혼의 넝마도 짓고

주남 저수지

새들은 국경이 없기에
어디로든 갈 수 있다

어디서나 살 수 있는 주거 이전의 자유를 갖고,
비자받을 필요도 없이 마음대로 오갈 수 있는
무소유의 자유를 안고

뜻대로 산다는 의지
무한으로 날고 있다

비상을 위하여

고독한 술잔에는
홀로 앉은 새 한 마리

촉촉해진 가슴으로
바깥을 내다보며

먼 정적 겨울 거리에
빈 등을 켜고 있다.

항아리에 모아 놓은
생존의 여울목에

짓이겨진 날개로
새날의 홰를 치며

뜨거운 열정을 모아
부리를 쪼고 있다.

불혹(不惑)의 시간

포물선을 그리며 살[矢]이 되어 날아간다.

저항하는 공기를 거세게 밀어 제치며

완전한 소멸을 위해 피 삭히는 나의 하루

때로는 팽이처럼 불안하게 돌아가다

누더기 벗어버린 부정의 늪도 지나

허기진 욕망을 풀고 빈 산 보며 걸어간다.

꽃술

무대를 넘나드는 바람의 선율 사이

암술과 수술은 블루스를 추고 있다.

보랏빛 수줍은 설계 귀엣말 속삭이며

발갛게 타오르는 화관(花冠)의 목덜미

내일을 향유하는 은밀한 몸짓으로

천년의 생명을 잇는 저 화사한 이벤트

하회(河回) 마을

헤맬수록 외로워져 물길 따라 걸어본다.

하루에도 열두 번 내가 나를 미워하며

몸 속에 숨겨져 있는 초록 등을 밝혀들고

소금기 걸러 내어 순수해진 구릉으로

선잠 깬 아이같이 마음 문을 열어 뵈며

감도는 물결의 이랑 천년의 닻을 놓고 있다.

낙동강

무심히 흐르는 듯
말없는 저 강물은

가슴에 고여 있던 눈물도 싣고 간다.

영욕이 뒤엉켜 있는
역사를 되새기며……

한두 줄 필설로
이 산천 어찌 말하리

슬퍼 울고 기뻐 울던
민초의 한을 모아

이 새벽 강이 되어서
침묵의 강을 연다.

시월의 강

푸른 별로 뜨고 싶어
고요 속에 설레는가

가슴앓이 나의 신은
아린 문을 열어 놓고

뜻 모를
침묵을 향해
물빛 연한 눈을 뜬다.

작별은 더 큰 아픔
애 타는 정만 두고

쌓이는 연륜 속에
잿빛 고뇌의 늪

시간은
시계(視界) 밖으로

자꾸 나를 밀어낸다.

가을 입구

눈감으면 별이 뜨는 내 하늘의
모롱이
가슴에 못을 박고 떠난 이의 주소에도
다정한 우표가 되어 찾아가고 싶어라.

가을 강가에서

시월은 침묵처럼
나의 삶을
사는 달

설움은
골을 이뤄
산허리로 잦아들고

먼 곳의
종소리마저
눈을 감고 있더라.

겨울 채석강

첫 눈이 내리는 날 난 너에게로 가고 싶다.

켜켜이 쌓여있는 질긴 침묵 풀어내어

몇 겹의 지친 습기를 단애 위로 톺아내고

비울수록 그리워진 둥근 마음 한 자락은

채석강 벼랑 위로 무동 타고 달려들어

정지된 시간을 몰아 잠행하는 빛이 된다.

겨울 등대

잠들지 못한 파도 빙하의 바람처럼
소금기 절인 오기 청댓잎 칼을 물고

심장에 불을 밝히는
진다홍 빛 박동 하나

겹겹이 쌓인 수심 서릿발 눈을 뜬 채
성애 낀 꼭두새벽 일출을 기다리며

내 영혼 피돌기 같은
쪽빛 꿈을 걸고 있다.

피리를 불고 싶다

이 한밤 만파식적 피리를 불어 본다.
굽이굽이 일렁이는 하얀 물결 잠재우며
산마루 어깨 너머로 둥두렷한 달빛 하나.
간절한 마음으로 저리 높이 올라
흰구름 먹구름 사이 숨었다 드러났다
산다는 사연을 안고 가슴앓이를 하고 있다.
맺어야 할 것은 맺히지 않고
풀어야 할 것은 풀리지 않고
제대로 맺고 풀지도 못하는 아픔으로
지니고 싶은 얼굴 버리고 싶은 얼굴
갖지도 못하고 버리지도 못하고
숫보기 서러운 가슴 동심원을 그리는가
내 머리 한가운데 깊숙이 뿌리내린
다 못 탄 그리움은 분홍빛 꿈을 꾸듯
휘영청 뜨락에 서서 피리를 불고 있다.

제2부 사이버 넓은 마당

클릭

한 치 앞을 알 수 없는 미로를 헤매고 있다.
검지 손가락 하나로 내 삶의 운명을 걸고
사이버 무한 세계를 마음대로 넘나들다
익명의 정보끼리 몸과 마음 뒤섞인 채
그대 말없는 항변 충혈된 눈빛으로
가상의 사이키델릭 현란한 춤을 춘다.
폼베이 최후처럼 단전이 짓눌리고
깜박이던 커서가 흔적도 없이 사라지던 날
오, 온몸 저리는 아픔 출구를 찾을 수 있으랴.

인터넷

육질의 정보들이 애무하는 성감대에
떨리는 가슴 안고 나비처럼 들어갔다
지긋이 커서를 바라보며 마우스를 끌어당겼다
내가 내 스스로를 찾아내기 위하여
보일 수 있는 건 다 열어 보이며
무정란 불빛을 따라가는 사이버 넓은 마당
자르고 보태고 풀어낸 생명 위에
네거티브 필름같이 굼틀대는 저 천형의 몸부림
내 마음 더하기 위한 접속을 하고 있다.

바이러스

갉아먹는 재미로
하루를 살아간다.

따뜻한 방
따뜻한 불빛
젤리 같은 육질을 찾아

내 혈관
구석구석을
샅샅이 갉아먹는다.

주유소

열사의 유전에서 해커와 내통하듯

꽃물 오른 여인은
그리움에 불을 켜고

사내는 솟구치는 힘으로 울럭울럭 사정을 하고

볼트와 너트의 시

적의의 눈으로 그대를 지켜봄은
펑크난 나의 일상 구부러진 좌표 속에

일몰이 가져다 주는
알 수 없는 공포 때문

무심코 돌려 대는
볼트와 너트처럼

나는 조이고 있다
때로는 풀리고 있다

감출 수 없는 아픔에
벼랑을 딛고 섰다.

정수장

배설의 쾌감 속에
후두염을
앓던 강물
어둠의 휘장 사이 왁살스레 감아들면

숙변 낀 뼈마디 마디
자정 잃은 푸른 창에

욕망이 끓어오른 애증의 눈물인 양
환락의 끝을 보는 불임의 양수인 양

버리고 간 뒤를 따라와
눈을 뜨는
백색 살의.

톱니바퀴의 시(詩)

날 선 어둠은 보랏빛 어지럼이다.
꽉 조인 몸으로 운신도 하지 못한 채
완강한 서로의 긴장 유착되는 아픔이다.

누적된 허물들이 녹스는 공간에서
캄캄한 동굴 저편 태아처럼 웅크리고
허기진 가슴을 쓸며 체념에 젖어 있다.

우수의 덫에 잠긴 살 시린 저항 의지
누구도 풀지 못한 젖은 자존을 위해
아리는 신경통에도 말 한 마디 않고 있다.

지하 상가·3
―화장품 가게 M양

립스틱 짙게 칠한 이십대의 앳된 여인

잘강잘강 껌을 씹으며 거울을 들여다본다.

속눈썹 치켜올리며 동공을 크게 한다.

촉수 높여 대낮 같은 삼파장 불빛 사이

무정란 알을 찾듯 그리움이 몰려오면

관능을 배운 손길로 피워 내는 가화 한 촉

지하 상가 · 4
－시네마 타운

가뭄도 장마도 없는 새로운 우주 공간

꽃피고 새 울 일 아예 없는 대기권 밖

웃을 일 울 일도 없이 밀려오는 두려움

구멍 뚫린 거짓말로 술잔을 건네주며

시계 바늘 사각 사이로 한숨을 푹푹 쉬며

내일을 믿을 수 없는 허무의 시네마 타운

지하 상가 · 5
―지하 주차장

내게로 와서
나를
끌어내는
알 수 없는 힘

지하로 가는 길을
방해하지 않으련다.

어두운
거리를
내다보며
긴장하는
노란 눈 하나

지하 상가 · 6
−지하에 부는 바람

시가지 중심 가에 땅 밑으로 가는 문이 있다.
스스로의 최면에 빠져 종종걸음 걸어가면
오월은 꽃들이 무너져도 모른 체 하고 있다.

낯선 길 꼬여 들어 금쪽 같이 환한 봄날
화려한 불빛 뒤로 몰려드는 허허로움
불어서 시원할 것도 없는 바람이 불고 있다.

수많은 사람들은 방사하듯 오가는데
눈부신 환상을 따라 푸른 절망만 어른댄다.
감추어 남겨 두어야 할 저 은밀한 비경 속을……

지하 상가 · 7
―텃새 한 마리

다국적 길목으로 텃새 한 마리 들어왔다.
지천으로 널려있는 불빛 속을 휘저어도
출구를 찾을 수 없어 되돌아가지 못한다.

내 가난한 절망이 습기처럼 배어드는
하늘도 아니고 땅도 아닌 곳에
가쁜 숨 할딱거리며 막막해진 가슴인 양.

낡은 기와 추녀 밑 조선 햇살 그리며
땅보다 낮은 천정 정수리를 찧으며
불경기 길게 엎드린 윤시월을 날고 있다.

지하 상가 · 8
—중심의 길 찾기

가자, 지상의 모든 언약을 버리고

햇살이 비켜 가는 환락의 몸살 속에

화해가 사라져 버린 오월이 절뚝이면

가자, 삶의 중심으로 중심의 길을 찾아

봄 가는 빈 자리에 총총한 걸음걸음

진다홍 꽃잎을 물고 법열의 길을 찾아

사랑니

있어도 그만
없어도 그만인 것이

미명(美名)과
허법(虛法)으로
버티고 앉은 상좌(上座)

비원의
허사비
가슴인 양
봄날을
앓아댄다.

사명대사비의 눈물

산머루빛 표충사 숲길에서 나는 보았다.

고통의 꽃을 물고 입적한 알몸으로

한여름 무더위에도 긴장의 눈을 뜬 채

불안한 시대 바람 동해 바다 굽어보며

거북 등 타고 앉은 큰 바위의 얼굴은

균열져 흐르는 눈물 단죄의 칼을 갈고……

시인의 귀

잠자는 사이 내 귀가 작아지고 있었다.

논배미 고동같이 작아지고 있었다.

하늘과 땅의 절망을 알아듣지 못하고

욕망을 채우기 위한 여름날의 아우성

비명처럼 굉음처럼 세상을 울려오면

내 귀는 또 다른 굴종 셔터를 내리고 있다.

제3부 우수의 새가 되어

기(旗)

속살을 후비면서 저항하는 몸짓이다.
부리를 맞대고
울어대던 새 한 마리
다리를 절름거리며 반역의 꽃을 물고.

아슬한 세월 속을
중병 앓는 날개로
갈려는 자 내보낸 후
입술을 깨물면서
꽃대궁 꺾인 아픔을
소리쳐 울어대다.

불안한 이 시대의 가장 낮은 목소리로
떠나 버린 이념의 영상만 바라보다
햇살이 꽂히는 오후를
환상으로 날고 있다.

안개주의보

시계(視界)는 희부염
십 미터 앞을 볼 수 없음
끈적이는 삶의 의미
새벽의 유혹 안고
낯설은 목적을 향해
고속으로 달리고 있음

일어서는 장막은
생사의 갈림길
고요 속의 불안이 탄피처럼 흩어진
미명의 목마른 보도
뿌우연 낭떠러지

언제 터질지 모르는 위기감에
살모사의 눈길로 전방을 주시하며
차가운 공포를 안고
연막 속을 달리고 있음

시간이 가슴을
조이는 줄 모르고
일출을 기다리는 또 하나의 유혹으로
그대의 속살을 헤집으며
가늠자를 들여다봄.

고장난 차를 타고

조향이 맞지 않아
흔들리는 나의 출근

난파가 예견되는
불안한 시간 속에

서슬이 시퍼런 하루
차창으로 서성인다.

평행이 그리워져
두 눈을 부릅뜨고

전신의 감각을
하나로 곧추세워

가슴에 몰리는 파동
전율되어 일렁인다.

정비 공장에서

깜짝하는 순간에
찌그러진 차를 보며
그래도 다행이다
불행 중 다행이다
스스로 자위를 하며
가슴을 쓸어 본다

예측이 빗나간 정지된 순간은
어스름 길목에서 천길 벼랑으로
서릿발 비수가 되어
혼겁을 떨게 하고

바람을 외면하던
내숭스런 사람들이
마지막 증언에서
침묵으로 일관하듯
사방에 널려져 있는
우울한 시대의 꿈

참담해진 긴장 속에
재생을 기다리며
부서져 울려오는
서글픈 망치 소리
세상사 원망을 하며
금속성 울음 운다

불면

터져 버린 검은 실밥
모순의 가락이다.

사물놀이 육자배기 이명이 울려오고

농축된 욕망이 모여
주목하는 완전 고독

상심의 집 한 채
저만치 세워 놓고

가위눌린 시린 날들 푸른 저 비수 뽑아

빛 바랜 생애의 아픔
낙관처럼 찍어 낸다.

장마

빗발이 나부끼면 지친 날개 뒤척이다

볕 없는 서러움에 먹빛으로 변한 하늘

삭신은 욱신거리고
마음마저 어둡더라.

처서

황황한
바람으로
적막을 태워 놓고

시간을
풀어 제껴
표류하는 철새처럼

계절은
빛이 바래져
무개화차로
실려간다.

우수의 새가 되어

고샅길 어둠으로
되감기는 아픔 속에

절뚝이며 다가오는
시간의 수레바퀴

그 무슨 업보를 안고
겨우내 울어대나

명치에 이는 수심
직렬로 세워 놓고

물안개 바라보며
깨우침의 몸살 앓다

한 마리 우수의 새가 되어
홰를 치며 날아 본다.

자갈

밝히기 위하여 널브러져 있음인가
고만고만한 아픔을 골고루 끌어안고
각박한 세상을 외면한 채
천데기로 앉아 있다.

그 오랜 세월 속에 벌거벗고 뒹군 마음
부딪쳐 한 서린 어깨를 추스리며
시름도 옹이로 굳혀
자비 베푼 사리(舍利) 한 알.

근황(近況) · 1

나는 언제부턴가
올가미를 쓰고 있어

씨날로 얼기설기
섬유질로 얽혀 있어

때로는 숨도 막힌 채
오뇌에 떨고 있어

근황(近況)·2

산비탈 음지쪽에
말없이 피었다가

가만히 살다가는
도라지꽃 되고파서

가례동
우거를 빌려
시나 쓰고 있으려니

고인 물 썩는다고
안달하는 성화 속에

맥문동 파르라니
입술을 적시우고

실타래
질긴 인연에

힘없이 끌려간다.

팽이

아무리 몰아쳐도 기품을 잃지 않고

맞으면 맞을수록 두 눈을 부릅뜬다.

꼿꼿이 세운 자존심
뜨겁게 맥박친다.

손톱 깎기

햇살이 기를 쓰고
내려오는 여름 한낮

신문지를 깔아 놓고
손톱을 깎습니다.

엄지와 검지 약지까지
아낌없이 깎습니다.

잘려나는 아픔도
느끼지 못한 채

혼란 속의 활자들을
하나 둘 덮는 재미로

내 몸의 잘 자란 각질
모조리 깎습니다.

낙동강 하구언

굴욕의 눈빛으로
서서히 침전하다
터질 듯한 배앓이에
부유하는 신음소리
가슴팍 아린 심장은
가녀리게 뛰고 있다
오만과 독선 속의
폐 질환 할딱이다
강물은 더 큰 아픔
자조도 빼버리고
아무도 보지 못하게
두 눈마저 감았더라.

제4부 바람의 집

먼 산을 바라보며

요즈음은
아무 것도 모르는 채
살고 싶다
보아서도 들어서도 말해서도
안 될 때는
공연히 허공 속으로
헛손질할 것 없이……

이제는
영리를 따지는 일도
피하고 싶다
거짓인 줄 알면서도
속아 주는 지혜로
조금만 손해를 보면
둥근 달도 보이는 것을

때로는 나도 잊고
친구도 잊고 싶다

젖어 오는 가슴속을
바람으로 씻어 내고
온몸을 낮춘 자세로
먼 산을 바라보며……

내 살아 있음으로

1
내 살아 있음으로
오장을 풀어헤쳐

산소리로 웃어 보고
물소리로 울어 보다

되돌아 자신을 보며
회오를 안고 산다.

2
삶이란
어차피
표표한 한 점 구름

고통의 오랏줄에
위선을 걸어 놓고

마음은 균열한 바다
괴롬으로 침전한다.

3
내 살아 있음으로
부끄러운 눈을 뜨면

가을에 마른 잎새
밤을 앓는 나신인가

지순한 삶의 행로는
씨알부터 또 아프다.

객토(客土)

살면서 욕심 없는 사람이야 있으랴만
때로는 산화(酸化)된 머리를 풀어가며 살 일이다
때로는 황폐화된 정신을 객토하며 살 일이다

부딪쳐 흔들리는 남루의 일상에서
때로는 겨울 바닷가 갯내음을 맡을 일이다
때로는 야튼한 산봉우리 여유를 숨쉴 일이다

아내

새벽이 되었다가
바위가 되었다가
안개비 따라오는
도돌이표가 되었다가
내 영혼
언덕에 서서
가을 바람을 맞고 있다.

별이 되었다가
파도가 되었다가
귀뚜리 불러 보는
쉼표가 되었다가
지펴 논
불씨를 바라
곰살스레 웃고 있다.

고향

지금은 어디 있을까 어린 날의
맑은 눈빛
바람도
숨을 죽인
청람빛 그리메에

물보다 맑은 하루가
구름처럼
지나가는 곳.

겨울 남강

젊은 날 한 때 나의 핏줄은 투명하여
세상 모든 것을 담아 낼 수 있었다.
물 무늬 청록 빛 삶을 걸러 낼 수 있었다.

수직으로 이는 파문 속보인 내 가슴엔
가는 목 끌어안는 저녁 해가 서러워
달리다 지친 세월이 별무리로 뜨려는가

고향강, 너 없으면 나는 겨울이다.
그리움 깊이만큼 그림자 길게 내려
언젠가 돌아가야 할 내 마음이 흐르고 있다.

겨울 자굴산

할 일을 다하고 난 가랑잎 한 무리

바깥 세상을 돌아앉아 온 몸을 웅크리고

억새는 야윈 몸으로 사운대는 현이 되어

나는 너를 보고 싶다 너의 아픔 알고 싶다

타고 스러진 먼 산 노을 바라보며

해지는 능선을 따라 순음을 고르다가

시간은 작은 새처럼 세상을 외면하고

구름처럼 바람처럼 비발디의 사계처럼

말없는 말을 들으며 깊은 사념에 젖어든다.

저물 녘 묘지에서

낮은 포복 자세로 엎드려 있는 산을 보고
나도 가만이 낮은 포복 자세를 한다
살아온 날의 허물은
노을처럼 배어들고……

숨통을 조여오는 거리의 시간들이
마침내 이곳에 와서 영혼의 성(城)
이루나니
우리가 밟는 많은 길
하나되어
고요롭구나

부창부수(夫唱婦隨)

어제는 당숙모의 장례식에 다녀왔다
내 가고 열흘 뒤에 오라는 유언을 따라
홀연히 자신의 삶을 접어 버린 당숙모는
맏며느리 막내딸의 애끓는 울음 들으며
어허야 어허로 넘자 종고쟁이 가락 맞춰
붉은 띠 하나 두르고 신행길 나서는가
억새가 서걱이는 망각의 강을 건너
빈 마음 빈 손으로 하늘을 떠받들고
미래로 가는 세월은 일상의 옷을 벗었다
부활처럼 만장처럼 내리는 햇살 속에
사람들은 쉬운 말로 잘 따라 갔다고도 하고
참으로 안 된 일이다 아쉬워도 하였다

불혹(不惑)

희부연 안개 속을
어눌하게 방황하다
허덕이며 달려온
시간의 벼랑에서
가슴은 빈 공동(空洞) 되어
바람으로 일어나고

아집으로 얽매인
서산의 하현달은
못내 새겨진
허물조차 감추려다
얼룩진 의문부호로
뜻도 하나 못세우고

역사는 되돌아
귀감으로 떠오르는데
흘러간 세월 바라
눈앞에 삼삼이며

뒤늦게 쳐보는 무릎
흔들리는 물결이여

연습으로 살아버린
편견의 사슬 풀며
결코 연습일 수 없다
마지막 절규 같은
비장의 출사표 한 장
던져나 볼까

버릴 것 다 버리고
내줄 것 다 내주어
모질게 아프지만
앙가슴 환히 열어
일상의 때를 벗기는
새 의지의 분수령.

두척산(斗尺山)

1

애증도 잊어버린 정갈한 벼랑 위에
결 고운 지조는 청봉으로 우뚝 서서

오천년 조선 역사를
묵주로 헤아리다

불타는 정념마저 굴레로 가려 놓고
허드러진 무서리를 인내로 불러모아

영원을 기리어 내는
함묵으로 서 있다

2

잎새에 이는 바람 따가운 욕망으로

변하는 계절 따라 그리운, 아— 그리운

그대는 생명율(生命律) 켜는
어머니의 자궁인가

둥근 폭 넓은 품을 서정으로 배회하다
달관한 물소리는 지난 세월 돌아보며
산다는 진한 의미를
무언으로 알려 준다

바닷가에서

파도처럼 많은 아픔
무위로 다스리며
하늘을 닮고 싶어
창공을 바라보며
피었다 지는 풀꽃은
꿈에 젖어 있더라

바다처럼 넓은 가슴
가없이 펼쳐지면
한 줄기 그리움은
별빛으로 폴폴 날고
내 작은 영혼도 깨어
묵상하고 있더라

여름 일기

소나기에 젖어버린 햇볕을 바라보며

구름에 가려진 침묵을 둘러쓰고

눈뜨면
목마른 하루
피로해진 바람의 집

선잠으로 흔들리는 겸허의 저편에

크고 작은 사연들은 들녘으로 맴을 돌다

속살을 가리는 차양
베일마저 걷어 내고

아무도 관심없는 풀잎의 슬픔으로

하늘 높이 일렁이는 끈끈이 아우성은

한 다발
비명을 모아
침몰하는 진통이다.

번데기

어둠의 늪에 빠져
축축해진 비애는
망종이 다 가도록
깨어날 줄 모르며
풀죽은 삭신이 되어
사지를 오그리고

아픔을 확인하듯
앙상한 사념 속에
시간의 빈 자리는
새까맣게 응어리져
쌍심지 돋힌 자존심만
소생의 꿈을 꾼다

바퀴벌레

옹골차게 걸어가며
허세를 부려 봐도

찬바람 안고 도는
위협받는 숨결이다.

오욕을 가려보아도
부침(浮沈)하는 현실이다.

부르르 떨리는 몸
경사로 뒹굴다가

이승에서 저승으로
표류하는 생명 안고

또 한번 기아가 되는
서러운 목숨이여

가까스로 모은 자유
비정하게 다독이며

너울지는 빈 껍질에
막 내린 넋이 되어

황급히 내닫는 걸음
지우고픈 삶의 여정

제5부 별 하나 키우고 있다

인과율(因果律) · 1

나뭇잎
방황하다
뿌리로 돌아가고

가랑비 흩날리는
가을비 빗소리는

새순을
튀어 올리는
현(弦)없는
아악(雅樂)이다.

인과율(因果律) · 2

마른 풀 적셔 버린
겨울비 시새움에

썩어 문드러진
씨알머리
새 삶이 돋아날까

살아서
서러운 목숨
발효(醱酵)하는
모성애여.

도덕률(道德律)

낡은 그릇이다
비워야 할 오지 항아리

가슴을 앓아대다
가을비로 젖어들고

바람난 이 땅의 풀잎은
우우우 울고 있다.

혼돈이야
바람도 달빛도 아닌 것

조용히 맴을 돌다
우울한 몸짓으로

시대를 자맥질하며
떨어지는 오동잎 하나.

바람

사방, 꾸짖고 나무라는 소리에
벼랑을 거슬러 산하를 헤매돌다
갈숲을 찾아 온 사연
실꾸리로 감기는데

하늘을 우러러
가슴마저 풀어 헤친
청상의 한을 모아
백매(白梅) 하나 피워 놓고
떠도는 유랑의 마음
나비 되어 날고 있다.

문풍지

1

어둠이 밀려나간
내 유년의 잠들은
그 기억의 치기로
검은 이랑 헤매이다
인동의 덩굴을 감아
청태(靑苔) 긴 살 무늬

2

별빛 젖은 바람으로
창백해진 오랜 시간
먹피로 에인 가슴
파르르 떨어대다
선머슴
외약살 꼬듯
흔들리는 나의 시혼(詩魂)

가을

가을에는 은밀하게 자라는 별 하나 있다.

명주실 고운 자락 물안개도 비껴 앉아

눈감은 아미 사이로 등을 다는 어머니

내 마음 갈피 사이 녹아 내린 미리내에

남 모를 그리움은 수심 모를 깊이로

머물다 떠나갈 자리 별 하나 키우고 있다

우물

그늘져 있었다
지금은 변한 세상

훼절이 부끄러워
비워버린 공간에는

순박한 시골 아낙네
귀엣말도 떠나갔다

정적이 내린 두메
기막힌 애환들은

음영에 길들여진
작은 하늘 바라보며

가슴은 항아리처럼
빛살을 품고 있다.

겨울 바다

가고 없는 날들이 눈앞에 어른대면
가슴은 바람에 열려 해안을 걸어가다
심장에 박힌 은밀한
비경을 헤집으며
의식은 난기류로 돌아가는 숙명임을
전신의 무늬로 삭이는 갈망임을
뜨거운 피 흩뿌리며
생애(生涯)를 던져 놓아

눈에 떠오르는 저 한 줄기 구원의 빛
어두워진 어깨너머 더욱 선명해진 빛
날려도 날지 못하는
속 시린 마음 속의
좌방엔 죄의식이 그림을 그리고
우방엔 미의식이 화음을 이루다
무겁게 가라앉은 침묵
울음을 울지 말어.

동천(冬天)

벌거벗은 여윈 얼굴
두 손으로 가리우고

껍질을 벗어내려
아픔으로 열린 몸

삭신은
신열로 끓어
잠든 세월 앓아대다

한풍(寒風)으로 아린 가슴
속살마저 드러내어

어금니 옹다물고
뒹굴며 오는 인고(忍苦)

동천(冬天)은
어둠 뒤켠에서

어머니의 꿈을 캔다

외출

집을
나설 때는
창 하나
열어둔다
나 없을 때
찾아오는
길손을 위하여
나 대신
방에 들어올
내 작은
달을 위하여

달맞이 꽃

바람에 밀려 버린
저 겨울 바다는

차디찬 건반 위의
하이얀 코오러스

눈발에
날개를 달고
부서지는 종소리

처용무(處容舞)

술 익는 서라벌 역신(疫神)의 흠모로
수줍은 여인은 바람결에 찢기우고
해원(海遠)을 기린 향수는 꼬리마저 감추었다

순간의 노을이 버리고 간 절망의 밤
불면을 객혈(客血)하는 피멍든 자의식은
토주로 목을 추기며 부처님을 바라본다

들려오는 북소리
어화둥둥 춤을 추며

둘은 내 해인데 둘은 뉘 해인고

목마른 가슴을 풀고
어화둥실 춤을 춘다

치미는 분노로야 한 칼에 그으련만
으흐흐 설운 울음 안으로 되삭이며

찬바람 아린 가슴은 더덩실 춤을 춘다.

소금 먹기

입술이 갈라지는 천형(天刑)의 갈증 모아
고혈압 당뇨 같은 무거운 삶을 위하여
오뉴월 생선에 간을 하듯 상한 내장 절여 놓고
아득한 벼랑길 살아온 자욱마다
저녁 바다 닻을 내려 개망초꽃 웃음 지며
하얗게 타오른 화두(話頭) 침묵에 침묵을 곁들고
되돌아 바라보는 자성의 시간이면
아물지 못한 상처 남은 눈물 찔끔이며
내 의식 오솔길 따라 소금을 치고 있다.

 # 초월 욕망의 초상과 내면 존재의 거울

박주택

시인 · 문학평론가

1

　게오르그 루카치는 『소설의 이론』 서문에서 '별을 보고 길을 찾아가던 시대는 얼마나 행복했었나'라고 기술하고 있다. 마찬가지로, 시조가 '낯선 문학 양식'으로 여겨지지 않았던 시대는 얼마나 행복했었을까를 생각한다. 자유시를 쓰는 한 시인으로서 객관적으로 바라보는 시조의 이해는 대략 이러하다. 시조는 엄연한 정형시이며, 정형이 전통적으로 요구하는 형식에 충실했을 경우에 시조로서의 생명력을 가진다는 점, 한민족의 최대공약수로서 형성된 한(恨)의 미적 결정체라는 점, 시조는 단순히 글로만 풀어놓는 인생의 달관이나 음풍농월의 모습을 보이

는 것이 아니라 말과 말의 행간에 좀더 침묵을 많이 심
어두는 시의 형태라는 점 등이다. 시조는 분명, 우리 문
학의 소중한 재산이며, 오랫동안 계승되어 왔고 계승해
야 할 갈래이다. 허나 지난 시기동안, 현대시에 밀려 시
조는 그 고유한 가치가 한 동안 은폐되어 있었음을 부정
할 수가 없다. 그러한 문제의 이면에는 시조 자체가 가진
한계성에도 다소 책임이 있다. 하지만 그보다는 시조를
창작하는 시인들의 자세에도 적지 않은 문제가 있지 않
나 하는 물음을 조심스레 던져본다. 아직까지도 고시조
의 형태를 답습하며, 그 회귀를 모색하는 일단의 사람들
이 존재한다. 그들은 시조의 발생론적 관점에 지나치게
얽매인 나머지, 오로지 시조의 특수성을 율박감에서만
찾는다. 그러나 이 주장은 애당초 창가개념의 시조가 현
대시로 옮겨오는 과정에서 노래를 떠나 시로 정착했다는,
다시 말해, 시조가 현대시로서 갖는 그 본연의 효용성까
지 뒤흔드는 논리로 떨어질 우려가 다분하다는 점에서
안타까운 마음이 든다. 뿐만 아니라 몇몇 이들은 시조의
내용, 형식운용의 변용 등을 꾀한 실험적 작품들에 대해
그 작품이 성취한 고유한 이미지나 시적 주제는 도외시
한 채, 자유시를 모방한다고 폄하한다. 단언컨대, 정형시
는 엄연히 시의 형식상 한 갈래이며, 자유시와는 결코 반
목과 대립의 관계가 아니다. 전향적인 실험의지를 견지
하며, 시조의 새로움을 성취하는 작품이라고 해서 자유

110

시에 빗대어 흉내 운운하는 것은 그다지 바람직해 보이지 않는다. 마치, 자유시가 시조 고유의 가락이나 전통적 율격을 차용하였다해서 손가락질 받지 않는 것처럼. 시대는 이전과 분명 달라지고 있다. 컴퓨터나 영상매체가 지배하는 대중문화는 우리 생활 곳곳에 어느새 뿌리깊게 자리하고 있으며, 그것의 속성은 깊이보다는 속도성을 중요시한다. 이들은 지속적인 성향을 버리고, 보다 상업적이며, 표피적인 근원적 속성을 지닌다. 이러한 상황에서 시조를 비롯한 전체 문학의 위기론이 대두된 것은 비단 어제 오늘의 일이 아니며, 그 타개 방안에 대해서 논의가 분분한 것이 작금의 현실이다. 그렇다면 현대시조의 지향점은 어디에 있을까. 모든 예술장르가 다 그러하겠지만, 새로움을 담보하지 않은 전통의 창조적 계승은 생명력을 유지하기 어렵다. 상투적이고 사어화된 표현방식과 시어로는 더 이상 존재의 본질과 넓은 세계인식을 온전히 통찰할 수 없다. 따라서 시조도 새로운 발견을 모색해야 할 시기가 된 것이다. 외면적인 형식적 변형에 얽매이기보다 주제의식의 심화를 통한 내면의 확장과 시적 진실에 다가가야 한다. 새로운 가치를 추구하고 일찍이 시조의 원의미인 "시절가조(時節歌調)"에 알맞게 현실반영과 그에 걸맞는 언어형식을 개척해가지 않으면 안된다. 근간에 씌여진 시조들을 보면, 참신하고 빛나는 작품을 많이 만나게 된다. 시조창작 연령층도 이전 시기에 비해

상대적으로 낮아졌다. 소재나 내용에 있어서도 이전의 자연 예찬이나 내면 독백류의 수준에서 벗어나 보다 다양한 세계로의 전진을 의미하는 작품들이 속속 나오고 있다. 그 깊이 또한 두말 할 나위없다. 많은 시조시인들이 등단하는 신춘문예에서도 그러한 점은 두드러져 20대의 젊은 시인들이 속속 등장하고 있어, 새로운 활기를 던져주고 있다. 그들은 이전과는 변별되는 신선한 감각과 현대를 바라보는 날카로운 인식을 시조의 형식에 담아 세계를 관통한다. 형식의 종류에 있어서도 평시조 중심의 창작태도에서 벗어나 사설시조 등이 그 동심원을 확장하고 있으며, 시대의식의 반영이라는 문학 본연의 특성에도 잘 부합하고 있다. 이제 시조는 새로운 전환기를 맞고 있다. 살아남아서 그 깊은 생명력으로 뿌리를 깊게 내릴 것인가, 아니면 소멸의 길로 들어설 것인가. 그 양갈래의 길에 시조는 외로이 서 있는 것이다.

2

김복근 시인은 이처럼 시조의 변혁이 요구되는 시기에 진보적 사고를 가진 역량 있는 시인 가운데 하나다. 그는 이미 『인과율』(1985), 『비상을 위하여』(1992) 등의 시조집을 통해 시조의 저변 확대와 발전을 꾀하여 왔다. 그는 이은상 시조와 청마 유치환의 시에 나타난 전통율격에 관한 관심을 깊이 있게 표명했으며, 시조의 현대적 소재

차용과 변용을 모색하는 시인이다. 또한, 그는 시조본연의 율격을 존중하면서도 현실세계의 변화를 놓치지 않기 위해서 애를 쓰고 있다. 그의 시 속에 등장하는 많은 사회적 연결고리는 그의 시상의 폭이 넓고 깊이 있음을 보여주는 단적인 예가 된다. 이번 시집에 등재된 시들은 하나같이 시인의 감수성을 잘 드러내준다. 애상과 그리움, 외로움, 시대를 살아온 신산스런 고통 등과 더불어, 이 시대의 화두인 인간성 상실에 이르기까지 주제의식의 심화를 통해 자신의 시세계를 확장하고 있다. 소재 또한 다양해서, 자연물을 대상으로 한 것 외에도, 고향, 내면세계, 컴퓨터, 기계문명, 지하 상가 등 숱한 이미지들을 차용하여 세계관을 시 속에 관통시킨다. 총 5부로 나누어진 이 시집의 면면을 살펴보면서 시인의 시세계를 들여다보기로 하자.

1) 성찰과 비애

제1부에 실린 시편들은 하나같이 그리움과 외로움으로 점철되어 있다. 이는 지나온 삶에 대한 후회와 반성으로 이어지면서, 어려움을 벗어나고자 하는 갈망을 강렬하게 드러낸다. 「불꿈」, 「황금 소나기」, 「하회마을」, 「비상을 위하여」 등은 '살 냄새 타는 그리움', '부표도 없이 떠도는 영혼', '고독한 술잔에는 홀로 앉은 새 한 마리' 등의

시어를 통해 알 수 있듯, 외로움과 그리움의 정서를 표출한다. 민족적 전통 정서인 한(恨)을 침묵으로 치환한「낙동강」이나 욕망이 거세된 탈속의 자세를 보여주는「불혹의 시간」은 시인의 원숙미를 물씬 보여준다. 시인은 삶의 과정에서 신산스러움을 겪었고, 그 때문에 고통스러워한다. 그러나 좌절하지 않고 한줄기 희망이라도 붙잡으려는 극복 의지를 보인다.「시월의 강」에서 보이는 침묵을 극복하려는 의지와 생명성과 미래지향성을 강조하는「꽃술」이 바로 그 예증이 될 듯하다.

이 한밤 만파식적 피리를 불어 본다.
굽이굽이 일렁이는 하얀 물결 잠재우며
산마루 어깨 너머로 둥두렷한 달빛 하나.
간절한 마음으로 저리 높이 올라
흰구름 먹구름 사이 숨었다 드러났다
산다는 사연을 안고 가슴앓이를 하고 있다.
맺어야 할 것은 맺히지 않고
풀어야 할 것은 풀리지 않고
제대로 맺고 풀지도 못하는 아픔으로
지니고 싶은 얼굴 버리고 싶은 얼굴
갖지도 못하고 버리지도 못하고
숫보기 서러운 가슴 동심원을 그리는가
내 머리 한가운데 깊숙이 뿌리내린

다 못 탄 그리움은 분홍빛 꿈을 꾸듯

휘영청 뜨락에 서서 피리를 불고 있다.

―「피리를 불고싶다」 전문

화자는 이러지도 못하고 저러지도 못하는 딜레마의 상
황에서 고민하고 있다. '맺어야 할 것은 맺히지 않고',
'풀려야 할 것은 풀리지 않는' 답답함은 결국 아픔으로
전이된다. 따라서 이 시의 전반적인 분위기는 비애와 비
감으로 채워져 있다. 하지만 시인은 그에 굴하지 않고 가
슴 속에 한 줌 남은 그리움으로 아픔을 이겨내고자 피리
를 부는 것이다.

2) 무정란의 세계, 그 욕망의 초상

조지 오웰의 소설 『1984』에 보면 인간을 지배하는 빅
브라더(Big-brother)가 나온다. 감시와 억압의 상징으로 그
려지는 빅브라더는 지금의 인터넷과 기계문명에 등가물
에 다름 아니다. 1930년대에 씌여진 작품이지만 그 예지
력은 놀랍고 섬찟한 면이 있다. 어느덧 컴퓨터를 비롯한
기계문명은 인간의 자리를 빼앗고 부수적 존재에서 주
체로 탈바꿈하였다. 그래서 인간은 자신들이 만들어낸
피조물로 인해 불행한지도 모른다. 바야흐로 시대는 인
터넷, 즉 네티즌들이 중심을 이루는 사이버(Cyber) 세계

로 접어들었다. 사이버 스페이스(Cyber space)로 상징되는 가상현실의 세계는 이 세대의 문화적 기호로 자리매김하였고, 생활양식을 결정짓는 주요한 장치가 되었다. 컴퓨터의 대량 보급과 인터넷의 파급으로 인해 생활의 편의가 도모된 것은 부정할 수 없는 사실이다. 그러나 그로 인해 파생되는 여러 다각적 문제점들은 우려를 넘기에 충분하다. 즉, 어느덧 인간들은 파르마콘의 진리를 망각하는 셈이다. 익명성으로 인한 폭력과, 인간관계의 파괴, 개인정보의 누출, 음란 폭력물의 범람, 초법적 범죄행위 등의 폐해 현상이 벌써부터 사회 문제화되고 있다. 그에 비례하여 욕망은 점차, 쾌락의 엘리베이터를 타기에 이르러, 끝간데 없는 인간성의 소멸을 가속화하고 있는 것이다. 김복근은 이 문제를 포착하여 준엄한 비아냥으로 꾸짖는다.

육질의 정보들이 애무하는 성감대에
떨리는 가슴 안고 나비처럼 들어갔다
지긋이 커서를 바라보며 마우스를 끌어당겼다
내가 내 스스로를 찾아내기 위하여
보일 수 있는 건 다 열어 보이며
무정란 불빛을 따라가는 사이버 넓은 마당
자르고 보태고 풀어낸 생명 위에
네거티브 필름같이 굼틀대는 저 천형의 몸부림

내 마음 더하기 위한 접속을 하고 있다.

－「인터넷」 전문

　화자는 무한한 가능성으로 인식되던 사이버의 세계를 환멸적으로 그려낸다. 살아있는 생생한 정보들이 넘쳐 있는 인터넷의 세계엔 호기심을 끌어들일 만한 충분한 흥미가 도사리고 있다. 허나, 기대감으로 들어선 그곳에는 익명성과 함께 이율배반적으로 자신의 모든 것을 발가벗기우게 된다. 본질은 없고 가상현실만이 존재하는 곳에는 생명 역시도 재단되어져 있다. 시인은 그곳에서 천형의 몸부림을 치며 괴로워하는 것이다. 시인은 「클릭」, 「인터넷」, 「바이러스」, 「주유소」 등의 시에서는, 사이버의 불온성에 대해, 「정수장」, 「지하 상가」 연작 등을 통해서는 자본주의 팽창으로 인한 욕망의 용광로 같은 기계문명을 날카롭게 경고, 비판하고 있다. 특히, 「정수장」은 '욕망이 끓어오른 애증의 눈물인 양', '환락의 끝을 보는 불임의 양수인 양'의 구절을 통해 드러나듯, 욕망의 무정란 상태를 극명하게 표현하고 있다. 「볼트와 너트의 시」, 「톱니바퀴의 시」는 모두 기계문명을 상징하는 대상을 통해 기계문명의 공포와 비인간성을 경계하며 비판한다. 「지하 상가」 연작은 각각, 화장품가게 점원, 시네마타운, 지하 주차장, 지하에 부는 바람, 텃새 등을 통해 자본주의 욕망의 배출구가 되어버린 공간을 세밀하게 보여준다. 지하공간

은 생래적으로 그 어두운 배경으로 인해 공포를 조성하는
데, 이 시인은 이를 인간성을 위협하는 장치로 치환하여
욕망의 끝에 남는 것은 허무와 절망임을 보여주고 있다.

3) 벼랑에서 솟아오르는 희망의 노래

김복근 시인의 많은 작품이 그러하듯, 그의 시들은 단
지 삶에 대한 비애만 늘어놓는 것이 아닌, 그 극복과 희
망의 싹을 움틔우는데 그 특징이 있다. 그의 시, 「기(旗)」
는 '상처입은 새', '불안한 시대' 등 '떠나 버린 이념의 영
상만 바라보다'에서 파악되듯 지난 시절의 상처를 보여
주며, 이를 단순히 아픔으로만 간직하는 것이 아닌 '환상
으로 난다'에서 보이듯 극복의 모습을 보여주고 있다.
「안개주의보」에서도 시계가 불투명한 절망의 상황에서
'일출을 기다리는 또 하나의 유혹'으로 현실 극복의 의지
를 생생하게 담고 있다. 이러한 아픔과 시련, 상심의 극
복 의지는 「불면」, 「장마」, 「처서」, 「자갈」에서도 잘 드러
난다. 「자갈」에서는 오랜 세월, 다친 상처를 '골고루 끌
어안고', '부딪쳐 한 서린 어깨를 추스르며', '시름도 웅
이로 굳혀 자비 베푼 사리 한 알'로 승화시킨다. 「고장난
차를 타며」, 「정비공장에서」는 고장난 시대, 즉 허약한
시대를 살아온 세대의 절절한 불안과 고난이 오롯이 나
타난다. 「근황 1·2」는 올가미 같은 현실로 운명적 고통

에 끌려가는 모습이 보는 이로 하여금 안쓰러운 비애감
을 던져주며, 「팽이」는 중장의 '맞으면 맞을 수록 두눈을
부릅뜬다'는 구절에서 보이듯 결코 꺾이지 않겠다는 의
지의 표상이다.

고샅길 어둠으로
되감기는 아픔 속에

절뚝이며 다가오는
시간의 수레바퀴

그 무슨 업보를 안고
겨우내 울어대나

명치에 이는 수심
직렬로 세워 놓고

물안개 바라보며
깨우침의 몸살 앓다

한 마리 우수의 새가 되어
홰를 치며 날아 본다.

—「우수의 새가 되어」 전문

어둠과 아픔의 시다. 현실은 우리에게 있어 절망이며, 이어서 참을 수 없는 아픔을 던져준다. 그 때문에 울음은 그치질 않고 잠 못드는 괴로움에 불면의 밤을 새워야 한다. 시인은 어둠에서 잉태된 아픔을 슬퍼하고 있다. 하지만 그는 명치에 이는 아련한 수심을 극복하고자 한다. 그 극복은 깨우침의 몸살이라는 입사제의를 거쳐 '한 마리 우수의 새'가 되어 승화된다.

4) 자연과 존재의 거울

4부에서 보이는 시들은 대략 「먼 산을 바라보며」에서 나타나는 세상의 집착에서 벗어나고자 하는 모습처럼, '온몸을 낮춘 자세'라는 구절에서 보이듯, 겸손한 마음가짐을 중시한다. 「객토」 또한 욕심과 남루한 일상에서 벗어나고자 하는 심정이 담겨있다. 「내 살아 있음으로」에서는 자신의 위선과 균열한 마음에 대한 반성과 부끄러움으로 아픈 모습이 드러나며, 그 외에도 「바닷가에서」, 「불혹」, 「부창부수」, 「저물 녘 묘지에서」, 「두척산」 등이 지난 삶을 반추해보고, 성찰하는 시라 할 수 있다. 이 시들은 모두 현실의 어려움에 힘들어하는 공통성을 가지지만, 반면 고난의 극복 의지와 소생의 기운이 스며있다는 공통분모를 가지기도 한다. 다시 말해, 「번데기」라는 시에서 보이듯, "시간의 빈자리는 새까맣게 응어리졌지만"

소생의 꿈을 꾸게 되는 것이다. 이러한 소생의 이미지는
고향이라는 근원적 안식처로 이어져 「고향」, 「겨울 남강」
에서처럼 뚜렷이 그 모습을 표상하며, 인생의 동반자이
자, 지친 영혼이 기댈 언덕 같은 존재로서의 「아내」에게
까지 확장된다.

소나기에 젖어버린 햇볕을 바라보며

구름에 가려진 침묵을 둘러쓰고

눈뜨면
목마른 하루
피로해진 바람의 집

선잠으로 흔들리는 겸허의 저편에

크고 작은 사연들은 들녘으로 맴을 돌다

속살을 가리는 차양
베일마저 걷어 내고

아무도 관심없는 풀잎의 슬픔으로

하늘 높이 일렁이는 끈끈이 아우성은

한 다발
비명을 모아
침몰하는 진통이다.

―「여름 일기」 전문

바람의 집은 존재, 자신의 존재를 의미한다. 그 존재가
소나기와 구름으로 표상되는 시련과 현실의 각박함에 의
해 쉬이 지쳐버려 피로감을 느끼게 된 것이다. 이러한 아
픔은 화자에게 겸허한 마음을 갖게 하고, 마침내는 '침몰
하는 진통'에서 살필 수 있듯이, 삶을 견뎌내게 만드는
힘이 된다.

5) 별을 키우는 마음으로

힘든 현실을 접했을 때, 그것을 대응하는 사람의 방법
에는 두 가지가 있다. 그 한가지는 상황에 물 흐르듯 몸
을 내던지는 것이고, 다른 하나는 맞서 대응하는 것이다.
김복근 시인의 시는 부조리한 현실 상황, 험난한 과거의
일을 찬찬히 반추하면서 철저한 반성과 지양을 통해 아
픔을 최소화하고 새로운 삶을 준비해나가고자 하는 의지
를 선명하게 드러내주는 특성을 보인다. 5부에 실려 있는

시들은 더욱 그러한 요소가 강해서 우울과 절망, 침묵으로 상징되는 비참한 어제와 오늘의 일들이 비록 아프지만, 천천히 되새기면서 새 날의 자양분으로 삼고자 하는 의지가 강하게 엿보인다. 「인과율(因果律) 1·2」에서 보여지듯, 세상사는 모두 원인결과의 법칙이 작용하며, 비록 현실이 괴롭다할지라도 극복할 희망도 있음을 내포한다. 그래서 비가 오면 땅이 굳듯, 자신을 힘들게 하던 추운 계절의 비[雨]들이 '새순을 튀어올리는 현없는 아악'(1)이 되고, '살아서 서러운 목숨 발효하는 모성애'(2)가 되는 것을 믿는다. 「도덕률」, 「바람」, 「문풍지」, 「하루살이」 등은 무릇 현실에서 점차 비인간화되어가는 자신을 반성해보고, 대상에 자신을 치환, 대입하는 감정이입의 수법을 사용하고 있다. 「겨울 바다」는 '눈에 떠오르는 저 한줄기 구원의 빛' '어두워진 어깨너머 더욱 선명해진 빛 …… 울음을 울지 말어'에서 보여지듯, 뜨겁던 생애의 험난함을 서술한 뒤, 역경 극복과 희망의 메시지를 던지는 작품으로 평가할 만하다. 「절」이라는 작품은 '절은 절에 왔으니/ 절을 하라 한다 / 절에 와도/ 절을 하지 못하는 내 남루한 마음은/ 먼바다 종소리 같은 바람으로 물들고 있다.' 식의 전형적인 음위율을 지켜 쓴 작품으로 눈에 띈다. 또한, 흥미로운 작품으로, 처용가의 새로운 변용으로 채색된 「처용무」는 전통의 가락이 잘 드러나는 시이다.

가을에는 은밀하게 자라는 별 하나 있다.

명주실 고운 자락 물안개도 비켜 앉아

눈감은 아미 사이로 등을 다는 어머니

내 마음 갈피 사이 녹아 내린 미리내에

남 모를 그리움은 수심 모를 깊이로

머물다 떠나갈 자리 별 하나 키우고 있다.

—「가을」 전문

이 시에서 화자는 자신의 삶에서 시련을 안겨주던 것들을 별이라는 희망으로 키우고 있다. "너의 상처를 별로 만들어라"(Turn your scar into a star)라는 서양의 속담이 있듯이, 수심모를 깊이로 머물다 떠나갈 자리에서 별은 아픔과 눈물을 자양분 삼아 화자의 가슴 속에서 키워지는 것이다.

3

지금까지 김복근의 시세계를 살펴보았다. 우리가 이 시인의 시에 좀더 집중하게 되는 계기는 그의 시가 가지는 탄탄한 주제의식과 소재의 다양성 때문이다. 그의 시는 우울과 절망, 그리고 살아온 시간에 대한 아쉬움과 외로움, 아픔 등이 촘촘히 점철되어 있었다. 그러나, 결코 낯설지 않고, 생경하지 않다. 이처럼 그가 시적 성취를 한껏 펼칠 수 있었던 까닭에는 비교적 자신의 시조 쓰기에 형식적 제약을 두지 않았기 때문이라고 여겨진다. 그에게서 시조의 새로운 방향성을 보았다면 성급한 판단이 될까. 자연과, 사회와, 세계와, 나의 거리를 띄워놓고 객관적인 자리에서 보았기 때문에 그의 시는 서투르게 감정적이지도, 노골적이지도 않다. 잘 정돈된 방처럼, 그의 시는 그렇게 보여지는 것이다. 상처를 입었지만, 투명한 그의 시세계는 그래서 아름답다. 하지만 그는 중년으로 접어들면서 자신의 아픔을 치유하기 위해 노력한다. 그것은 바로 소멸의 진리가 아니라 새로운 생성, 즉 소생의 가치를 깨달았기 때문이며, 그의 시에서 반짝이는 희망의 얼굴이 드러나는 것이 바로 이를 증명한다. 현대 시조의 변혁성은 고시조의 이식적 행위에서 벗어나 시적 효율성이나 그 가치를 발휘하는 데에서 찾아야 할 것이다. 주제 의미적으로 내용의 심화, 소재의 확대를 꾀하는 것도 시조의 저변확대와 생명력을 더하는데 도움이 될 것은 확연한 일이며, 형식적으로는 시어의 참신성, 효율적 선택, 압축적 시상의 구성과 균제미를 꾀하는데 힘써야 할 것이다. 현대시조의 시급한 과제는 김복근 시인이 그

러한 것처럼 현대인의 감정과 생활을 어떻게 시적으로
표현해야 하는가라는 그 본질적 물음에 답이 있다고 생
각된다.

김복근 연보

1950년 경남 의령 출생.

1967년 마산고에서 정재관, 전기수 선생께 문학 수업.

1970년 <들샘> 문학동인 활동.

1977년 추정남과 결혼하여 1남 1녀(弘敏, 롯瑛)를 둠.

1982년 김교한, 이우걸, 홍진기 시인 등과 <마포> 창립 동인 활동.

1985년 『시조문학』지에 추천 완료(시조 「바람」).
시조집 『인과율』을 펴냄.

1988년 국정 도덕과 교과서 집필위원.

1991년 교육도서 『창조하는 힘을 길러주는 방법』을 펴냄.

1992년 시조집 『비상을 위하여』 발간.

1993년 제16회 마산시 문화상 수상.

1995년 오늘의 시조시인 55인으로 선정(시조시학).

1996년 칼럼집 『새벽을 여는 소리』(공저)를 펴냄.

1998년 경남시조문학 회장 선임(~현재).
국제 pen 클럽 회원.
「이은상 시조 연구」로 석사학위를 받음.
제16회 한국시조문학상 수상.

1999년 계간 『경남문학』 편집장(~현재).

2000년 대통령 표창.

　　　　　창원대학교 평생교육원 문예창작과 출강.
　　　　　창신대학 평생교육원 출강.
　　　　　제17회 성파시조문학상 수상.
2001년　창원대학교 대학원 박사과정 수료.
현　재　경남시조문학 회장, 계간『경남문학』편집장, 창원대학
　　　　　교 국문과 강사.

참고문헌

이우걸, 「우리 삶의 고통과 함께 하는 노래들」, 『시문학』, 1992. 4.

이우걸, 「개성」, 『현대문학』, 1992. 4.

김열규, 「새로운 세계의 질서를 위한 새로운 시조언어」, 『현대시조』, 1992. 봄.

김연동, 「극복의지의 역설적 표출」, 『시조문학』, 1992. 여름.

이우걸, 「실존적 삶을 위한 부단한 싸움들」, 『한국시조』, 1992. 가을.

김헌선, 「시조 읽기의 새로운 맛」, 『시조시학』, 1992. 겨울.

권형하, 「시조의 시조문학화」, 『월간문학』, 1993. 5.

김연동, 「전통의 창조적 수용」, 『시문학』, 1995. 6.

이우걸, 「'빈 산'의 깨달음」, 『경남문학』, 1995. 여름.

장성진, 「현대시조의 사회의식 표출」, 『경남문학』, 1996. 가을.

이우걸, 「볼트와 너트 혹은 존재론적 회의」, 『시문학』, 1998. 5.

김열규, 「시조의 수사학/수사학적 시조론」, 『경남시조』, 1999. 8.

고현철, 「열린시조의 다채로움」, 『열린시조』, 1999. 가을.

조윤아, 「공감을 일으키는 개성」, 『시조문학』, 2000. 여름.